Letras íntimas

Antología de poesías eróticas

Recopilación:
Ediciones Afrodita

POESÍAS EN ORDEN ALFABÉTICO

A sal y agua
Rodolfo Villatoro
-Guatemala-

Nuestros cuerpos desnudos fueron abandonados
como gotas solitarias clavadas en las alturas de unas cerámicas
verticales
y de repente perdiendo el agarre de
sus lisos músculos
siguiendo una ruta desconocida sin poder contenerse
se corrían a una velocidad sorprendente
hasta desaparecer en el océano de sudor y lágrimas.

Bajamos rompiendo la eternidad del Edén
libando como abeja hacendosa el néctar dulce
de la manzana
mordiendo con éxtasis las protuberancias
de sus profundidades
hasta percibir sus semillas reproductivas
y desorientarle en este espacio verde
que es el mundo.

Mis órganos vibraban sobre excitados en mi interior
como ranas atrapadas en los ojos de un cazador
pataleamos buscando el acomodo de los pies
sobre las estructuras roizas de nuestros cuerpos
las esquinas ondulantes de tus carnes
no se adaptaban a los rincones de mi estructura.

Lo inadaptable permitía el disforme movimiento
de tus músculos
como salmones sorprendidos deslizándose
en mis manos
que seguían el movimiento en medio
de un goce dolorido
y el ensordecedor ímpetu de la cascada
en ese precipicio
cuya inmensidad rebotaba en el silbido opaco
de mis tímpanos.

El sabor del elixir en el nudillo de tus dedos
se derramaba en sonrisas inexplicables
en la eternidad de un minuto en que flotamos como cirros de
algodón
desplazándose por el cielo que parecía incendiarse
con el calor de nuestros cuerpos desnudos.

Mi cuerpo deshidratado parecía desintegrarse
en el calor de tu llama candente
que se derramó deshaciéndose en un aliento rosa
y en los gemidos de un amor extravagante.

Diluyéndome en el infinito vital
como agua en los sequedales de un amplio desierto
en que se habían convertido nuestros
cuerpos completos
con incontenibles deseos que terminaron desembocando en ti.

El insomnio sin explicación que quería satisfacer
mi profundo sentimiento en un corazón agitado
empezó a ceder al escuchar tu respiración soñolienta
hasta caer en esos estertores intermitentes
de los ruidos de las mentiras de mi garganta.

Aberrante

Anna Mota
-México-

El primer amor nunca se olvida,
ella nunca olvidará porque lo otorgó
a quien no quería.

Y no porque ese hombre fuera malo,
dentro de sus sentimientos estaba latente algo.

Ella no buscaba un abrazo mundano,
guardó sus labios a una piel suave y dulce,
a esa sensación que sólo ella puede conceder.

Aún recuerda ese momento,
sintió ganas de llorar
respiró profundamente,
tomó su rostro con manos temblorosas,
regaló sus labios fervorosamente.

Ignoran el tiempo que estuvieron ahí, unidas,
quizá fue muy corto,
quizá hubieran podido vivir ese momento lo que restara de vida.

Ante el espejo normal son amigas,
dos desconocidas,
que en silencio ya se amaron.

Se han entregado caricias que siempre guardaron,
y cavilando en soledad,
cuando sus fantasmas aterrizan,
concluyen que ese amor es una etapa
que podrían hacer olvidadiza,
pero quizá, solo quizá
no quieren imaginarse esa selva sin su amada.

Entonces ahí se quedan,
uniendo sus luceros,
suspirando.... pidiendo fuerza,
para salir de esa selva,
tomarse de la mano y seguirse amando
entre lo que se dice natural.

Adán, Yo y alguien más

Lis Monsibáez
-Cuba-

Sirvo la mesa
masticando el sobresalto
al desnudo
saboreo tu lengua
altero el miembro y lo desvisto
temo que Adán llegue
y nos descubra
incrusto mis senos
a la pared de tu pecho
dibujando el placer en la espalda
espero que Adán abra la puerta
y nos observe
separo las piernas
mides la distancia del atajo
entras al Edén sin permiso
comes la fruta
el pecado
excita
sofoca
alimenta
deseo que Adán llegue
y nos socorra
exiges mi savia
pido la tuya
gimes
te rasguño
me oprimes
y grito obscenidades
en la entrada al paraíso.

—Dios permite estar allí pocos segundos/
tanta felicidad puede matarnos.

Alondra

Alone
-Argentina-

Camino desnudo sin presencia de mi alma...
sin testigo al albedrio que me guarda,
en busca de su perfume a miel mojada.

Hoy te veré luna oscura
que pincelas la madrugada,
con tu figura en Braille
mariposa endiablada.

En el deseo taciturno de tu horizonte
meca de fuego y sombra helada,
para fundirme en deseo
con la complicidad del alba.

Mensaje de texto...
es la hora pactada,
"solo me recuerda,
que espera en su cama..."

Dos de la mañana,
el silencio de una ciudad en pecado
que observa por la ventana...

Voy en busca de alondra,
silicio en el cuerpo
a la lumbre de un velero a escala...
voy a su zaguán, presido de pocas palabras.

Pero me encuentro a medio metro
de su fragua,
con mi castidad al asecho
y la penumbra ocultando la daga.

La veo... penitente al roce del habla,
concebida sólo en sueños

corazón en taquicardia,
que hasta la sonrisa le huelo, cosecha en cava.

Que me siento en celo
y no de su pelo, que ronda su cara,
me siento ajeno al aceite resero, que nirvana.

Seducción de la noche... menguante Saba,
que su vestido al escote
la lujuria me condena en su seno,
si con un debo, llego a tocarla.

Pero ya estoy en su sábana,
enredado en esfena
sahumerio de incienso y lavanda,
sumiso al latido de sus tablas...

Piel con piel en profundas aguas,
soy delirio en su infierno
rumiante en acebo,
que su cuerda amarra...

Me siento prisionero de un crimen,
que aún no pasa...
hirviendo en hoguera, al sigilo de una braza.

A punto de ser una línea en su página,
vorágine de una rosa marchita
al pliegue de una mirada,
escrita con tinta de ajenjo sobre una dádiva...

Tocando su rostro veo mi cara,
el reflejo de su pupila
me despierta de la nada,
ilusión muerta de un soneto que imaginaba.

Solo vi en sus ojos
la luna esconderse en la mañana...
el altivez de un sentimiento, en busca de su alma,
sólo vi, lo que el deseo miraba...

Adiós alondra,
hasta que el otoño consuma el ultimo racimo de la vid
y yo no ande por ahí... tan desnudo.

Amantes

Mora Dalay
-Uruguay-

Es jueves y llueve.
El motel huele a café.
La ventana sucia y empañada.
Mi desnudez en el espejo.

Siento tu aliento,
en mi nuca,
en mi espalda, en mi ombligo.
Me mordés el hombro.

Juegan tus dedos.
Me dibujan despacio.
Cierro los ojos,
Te sigo, me dejo.

Me impregno de vos,
de tus sabores.
Deambulo en tu mente,
en tu olor agridulce.

Me invadís el cuerpo
me penetrás el alma.
Me colmás con tu poesía.
Se te olvidan las culpas.

Me desarmo entera,
en tu boca agridulce.
Te ahogás en mi lengua,
en un suspiro inmóvil.

Antropología de lo agridulce

Ivanna Polo
-México-

Méceme entre las yemas de tus dedos
donde aún hay rastros vírgenes de piel,
haz de mis circunferencias tus credos
y embriaga este tormento con miel.

Es el tiempo tejedor de ficciones
en pos de nuestra entrega sublime
pues delinea con mis uñas los dones
que colman lo que mi canto reprime.

Ha de ser nuestro placer un manifiesto
con una arquitectura falta de decoro,
de euforia y destrucción infesto
cual reflejo de los dioses que adoro.

Puedo edificar ciudades en tu frente
al ritmo que abonas mi huerto insaciable,
despertando el calor que conecta mi puente
con la enredadera de tu beso inefable.

No hay más voluntades declaradas
sino fronteras y límites en reencuentro,
cada vez que se encienden nuestras miradas
palpita en mí la desembocadura de tu centro.

Han creado nuestros lenguajes un emporio
aterriza ya la fragancia de la tierra prometida
y a esta certidumbre de lo transitorio
le entrego mi pequeña muerte vertida.

Besarte...

Elvis E. Huanca Machaca
-Perú-

Besarte, no fue rápido,
besarte, no fue inoportuno,
besarte, fue desvestirte.
Conocerte desnuda,
contemplarte como naciste,
como viniste a este mundo.

Besarte... es la lluvia,
de la que nace un río,
que busca perderse en tu océano,
tan tempestuoso y majestuoso,
que al final de su camino, termina en un beso,
y una dulce caricia.

Besarte, es sentirte,
es tenerte, es poseerte.
Besarte, es conocerte,
es comprenderte, y ver
tus sueños de niña mimada,
hacerse realidad añorada.

Besarte, es detener el tiempo,
hacer que todo el mundo
gire, a tu alrededor.
Besarte, es tenerte desnuda, entre mis brazos.
Contemplarte, como viniste a este mundo.
Besarte, es mirarte, como si fueses una bella flor,
en otoño, verano, invierno, o primavera.

Besarte, es buscarte,
es sentirte, en lo profundo de mi alma.
Besarte, es amarte,
verte cada día de mi vida,
atrapándome en tus ojos,
tan cálidos, cautivadores, y tiernos.

Besarte, es amarte,
es esperarte, por más que mil y un distancias,
nos separen, de este, tu mundo...

Caballero del Alba

Fabiola Garcerá
-Colombia-

Hoy estas aquí, mi tesoro
como una estrella fugaz
que del cielo se ha escapado
y llegas para darle
plena muerte a mi pasado.

Hoy me tocas el corazón
y me acunas el alma.
Mi mente divaga
de emociones embriagada,
y es por ti, caballero del Alba.

Camina conmigo
mi caballero amado.
Sólo toma mi mano
y demos ese paso
yo contigo y tú a mi lado.

Porque nada puede ser
mejor ahora, que este
fuego de tu espada
que por dentro me devora
sin piedad y sin demora.

Me entrego a ti en esta
madrugada, con el espíritu
de mujer enamorada.
De mi cuerpo hazte dueño
ahora es tu morada.

Esta guerra la he perdido
ya no quiero más batallas
ante tu poder me rindo
mi caballero del Alba.

Canción bajo la lluvia

Carlos Omalay
-España-

Rugen los cielos.
Próximo, reclamo sobre mi cuerpo.
Instantes, vacío, ruego callado.
Ya suena.

Un repiqueteo que toca a mi ventana.
Una dosis de poesía.
Su llanto sobrevolando mi razón,
penetrando mi piel.

Tacto escondido.
Partículas de polvo en suspensión,
ecos dormidos de suspiros ahogados,
oleaje de besos en mareas de labios.

Húmedo fuego.
El amor hablando su idioma, lenguaje universal.

Un disfraz de silencios transpira lujuria.
Artesanas manos sobre arcilla fría;
claridad templada entre siluetas de cera;
calor y frío, frío y calor...
La armonía del caos.

Baile de vida: contoneos de gemidos fundidos
en senderos de sentidos colapsados;
un piano en una nota eterna,
una palabra desnuda y
sin voz...

Un estilo con la forma del que mira.
Tenue canción
bajo la lluvia.

Caricias de dolor

Inidio Cuevas V
-República Dominicana-

Acaríciame, aunque con ello
mi piel se queme
porque contigo la muerte
muerte me sabe miel.

Más que deseo es un anhelo
que tus caricias insólitas
marchiten mi piel
porque los continentes,
son uno solo;
cuando estas junto a mi ser.

Acaríciame, acaríciame...
aunque la hoguera
de tu cuerpo mortal
me marchite otra vez.
Y que la desdicha finita
se jacte de ser...

Háblame y acaríciame:
Porque tus versos de almíbar
me saben a hiel.
Y aunque el reino celeste
reviva hacia mí
el desdichado desdén
no te detengas... acaríciame.

Con flores
a Córdoba

G. Cienfuentes
-Chile-

Absorto te miro y no me siento,
que me hablas y no oigo,
que tan sumido en ti me tienes.

Solo como isla en mar de esperanza,
que baña las playas de tu piel.

No lo creí y te vi,
con flores por el mundo,
para terminar a tu lado,
con mis penas camino cansado.

Llego a ti y hasta la sombra se va,
llevando consigo todo rastro de temor e impureza,
que, con tu real belleza,
extraes de mí, el más puro ser,
en imparable éxtasis del querer.

Tu rostro, para mí, puerta divina,
la llave, un beso.
Y así entre nubes viajo, frenético de colores.

Con tu voz en mi oído y tu respirar con el mío,
para ti, que llegue a ser alguien, sin sospecha
es mi deseo.

Que, si en algo creo, por tu amor y fe en
el camino jadeo,
después de dura jornada,
de largo andar, sin parar a tu morada.

Soñar tu cabello, no se ausenta en este relato,
bellotas y otoño se avizoran a ratos.

Si me fuera a dejar en mi pensar,
y no te fuera a olvidar,
que sé que en nuestro verano te fuiste,
con flores a Córdoba.

Buena, siempre y sin querer
antes, nada era de verdad,
rabia y angustia, ¡te me vas!

Te cuento esto y mucho más,
elogios y promesas, todas de verdad.

Pero aquí te escribo unas últimas palabras,
antes del despido:
Mil pensamientos me recorren cuando estás cerca,
y ahora en tu ausencia, me falla el respiro.

Recorro tus manos con mi pensar,
sin recordar como alguna vez me perdí de tu sueño
¡culpa tuya y de nadie más!

Contraseña

Oscar Olivera Santiler
-Cuba-

Ella
perdió su alma
en los senderos
del morbo
lugares
y posiciones
inverosímiles
largos
y negros caminos
aberraciones infinitas
un diplomado
en Kamasutra
ahora se descubre
en otra ella
y se tornan
en mutuos espejos.

Das magia desde
que he buscado

José Repiso Moyano
-España-

Quiero enterrar mi amor dentro tu boca
porque no se me muera a sueño lento,
en alto del pudor del firmamento
o escrito con el eros de una roca;

y aun abarcar la fe que el mar evoca
navegando dulzor a azul sediento
y enamorarte, ¡ahí!, en un aliento
de entrañable sexo y... aventura loca.

Porque das magia, desde que he buscado,
"eso" o lo que quería, ha sido fuego,
¡delirio del gemido delicado!

Tú eres un frenético sosiego
por el semen, al filo apasionado
de tal caricia y del latido ciego.
*
Quiero enseñarte por donde nunca irá el Sur Nuestro
caído en el líbido de los mares.

"Décimas falsamente atribuidas a Fray Melón de Fuencaliente, poeta castellano fenescido en el siglo XVII"

Fray Melón de Fuencaliente
-España-

A los locos amadores
tres consejos quiero dar,
y, si saben escuchar,
pasarán de plañidores
a gozosos seductores.
Consejos prácticos son
los de esta exposición,
si alguno se escandaliza,
que no me tome ojeriza
y que abandone el salón.

Muchos años empleé
en aprender esta ciencia,
y con dura penitencia
mis errores bien pagué.
Ahora que tanto sé
cuando mi vida termina,
compartiré mi doctrina
porque en tiempos por venir
todo el mundo pueda abrir
dos puertas que son divinas.

Cuando está a punto de entrar
el diablo en el infierno,
si es seco el camino externo
bien se puede demorar:
si se entretiene en frotar
tornando en calor el frío
hallará que, como un río,
el camino fluye ahora

y, con ansia bebedora,
lo succiona con gran brío.
De igual modo, a ese lugar
donde la entrada se veda
si llevas tacto de seda
siempre podrás penetrar:
se trata de estimular
todas las rosas primero,
luego toca el agujero
como un botón una vez,
con una caricia, diez;
se te ofrecerá ya entero.

Adereza todo encuentro
con misterio y alegría,
pues la faz hosca y sombría
te impedirá pasar dentro.
En pocos versos concentro
mi enseñanza retozona.
Se despide mi persona,
y, si más queréis saber,
os recomiendo leer
al poeta de Sulmona.

Desayuno
Clara Lizeth López
-México-

Por la mañana me sabes a miel y amaranto,
hojuelas de trigo y leche de almendras.
Por la mañana juego con tu piel de albaricoque.
Me enredo en las hebras de sol que caen de tu cabeza.

Desfallezco, me rindo ante ti y tus convicciones,
drogada por la musicalidad que viene de tu pecho
cuando apoyo mi cabeza en tus costillas.

La falta de aliento es tan dulce,
por eso culpo a Alba y sus besos que saben a sol.
Me borbotea de los poros la felicidad
en forma de sudor.

Me deslizo en descenso.
Nos bañamos con el jugo de las ciruelas.
Caminamos por la arena caliente.

Y somos felices.
Tan felices como dos mujeres pueden ser.
Madres de los destellos,
vírgenes de las circunstancias.

¿Qué más puedo decir?
¡Me gustas tanto como el desayuno!

El diablo tiene
las manos suaves

Claudia Castrejón
-México-

Engreído y dominante
dulce y enérgico
coqueto y descarado
de mi delirio, de sacrificio.

Dueño de esas manos
románticas y deshonestas
que abrazan y acarician
que golpean y rasguñan.

Soy tu fervorosa discípula
cómplice de lujuria
del valimiento eterno
de maliciosa constancia.

Árdeme, muérdeme
fúndeme en tu calor
con tu cuerpo, tu movimiento
mi pacificador deleite.

El invértebro
de Adán

Saúl Antonio Munevar
-Colombia-

"para Mar Joplin"

Eva teje un pentagrama de siete notas negras;
siembra una semilla vacía por cada vértebra
y hace libre el alma muda del pájaro espinal.
Afina la entrada del viento
a la orilla de los nidos con las manos abiertas
y alza el lánguido invértebro frente a su lengua.
Lo respira. Lo besa.
Lo clava en su boca como un arpón,
de ese idioma colgará la saliva analgésica.
la flauta de lenguas lame la primera música;
de la herida ruedan las primeras letras.

Pájaro mirada de cíclope carente de agallas,
pájaro hijo del mar y las cavernas,
pájaro punto en el cielo que aspira a ser raya,
tu canto es hoy una lengua olvidada.
De tu memoria líquida
la espina dorsal ha quedado a la deriva,
de tu nido has perdido el obelisco perforado,
tu espina fracturada es movida por el viento
y en tu oquedad no penetra la vida del sonido.

Eva sembradora amariza con sus ojos de sirena,
fertiliza con un beso cada oquedad muerta,
recoge los lunares de colas largas desperdigados
en la arena,
los germina en la espina dorsal
e irgue la música sobre la tierra.
A cada nuevo dedo asigna un orificio
y a cada yema el poder de repoblar las arenas.

Eva vierte semillas de ventisca en la boca del oído:
«Así suena el amanecer en los ojos de los pájaros
y por tu cuello resbala la esperma de tu saliva».
En la otra boca alimentada del sonido
va un gramo masticado de viento,
«Así suena la noche cuando digo tu nombre
y así corres dentro de mí con tu alma líquida».

Al final,
con una mítica teometría de la lengua,
Eva conjura en el pájaro desecho el nacimiento
del hombre.
Y entonces le canta al alma fálica de dos piernas:
«Palpo tu piel,
palmo a palmo con mis palmas
encadeno la palmera de tu espalda;
treinta y tres anillos amalgamarán nuestras almas».

El muro de algodón

Ricardo Enrique Pech-George
-México-

Cuando mi mano asoma
y se queda a un suspirar de lo prohibido,
no es por la saciedad que me transforma
es porque más allá de tu pierna quedo en vilo,
atrapado en la ansiedad de una muralla
que le da discreción a tu sorpresa.

Late desde tu cadera hasta mis ojos,
una tormenta de magnetismo inverso
entre mis dedos y el principio de tu capa,
que lo mismo me hace pausa que me atrae
al profundo colmo de mis vicios.

Tu temblor, en mi idioma, da permiso
de pasar bajo el muro de algodón,
saludando a las marcas eternas
que deja el mero trámite de tapar
la sombra de un triángulo en elipse.

A los tres segundos me paras con un beso,
mientras tus piernas le dicen a mis dedos
que el muro de algodón tiene un mensaje:
tu humedad puede ser cómplice de mis derrotas
y debo congelarme entre la gente.

El sueño de un hombre enamorado

Araceli Morales Vázquez
[Diente de león]
-México-

Ayer te llevé a mis sueños,
ayer cobijé con mi sombra tu cuerpo
y en un suspiro de la noche vida mía...
robé de tu boca más que un solo beso.

¡Déjame soñar despierto!
déjame que alucine contigo
flor de mi desierto;
pues yo... ¡te deseo y te ansío...!

¿Qué daño hago al sonarte?
en un sueño... ¡vida mía!
¡no puedo! aunque quisiera...
realmente tu cuerpo besar,
y con mis manos lentamente acariciar.

Espejismo de mis noches
que me embriagas día con día,
con la esencia de tu cuerpo
con tus besos y caricias.

Soy un preso de tu alma
y me declaro pecador;
pues en esta ilusión vana,
y mis oscuras fantasías
hoy no encuentran el sosiego.

¡Sí...!
he pecado, al mirarte
he pecado al robarte,
y hacerte por un instante dueña de mí...
al momento de entregarme.

¡Sí! aunque lo niegues, ¡eres mía!
me lo dicen mis sueños,
lo susurra mi alcoba
y cada vez que te miro,
¡crece más y más...!
esta fantasía loca.
¡Mentiroso pensamiento!
que me engaña noche y día.
¡Tenerme...!
es mi sueño imposible
¡Abrazarte...!
mi delirio fugaz.

Pero así, todo quedara
en un deliro del alma
en un simple sueño fugaz,
que el tiempo guardara en sus horas
¡Y que nunca realidad será!
¡Pues los sueños vida mía...!
¡Siempre, sueños serán!

Encuentro fugaz

Irene Brown
-Argentina-

Un trago para perder la noción del tiempo.
una mirada que capta la atención
una sonrisa que antecede el arrebato
un impacto perfecto de ocasión.

Un flechazo correspondido
un viaje llevado por la querencia
un palier con olor a delirio
un ascensor manoseando concupiscencia.

Una alfombra testigo de delirios
caricias apremiadas por el deseo
embestidas al borde del limbo
besos que dejan sin respiración a los ateos.

Una copa de vino con preguntas imprudentes
un cigarrillo con respuestas perezosas
piel anhelante de dientes
besos sin culpas quejumbrosas.

Ósculos que del compromiso escapan
sexo sin amor con espinas
dos orgasmos que al destino estafan.

Un Alba con pasos desprevenidos
un café con la culpa absuelta
una promesa en la calle del olvido
un adiós con convenio de amnesia.

Entre recuerdos

Magdalena Velasco Mendoza
[Migdal Madu]
-Colombia-

Mi cuerpo busca alas en la espalda de tu ser
para navegar en el mar del deseo,
entre las olas de tu néctar
embriagar el olvido en gemidos.
Deseo que cada poro sea alineado
por las caricias de tus dedos,
mis labios están quebrados, se han disecado
al mencionar tu nombre.
Parece que en mi piel se dibuja
la sombra de tus besos
las notas musicales
en las horas de calor entre puntos abiertos y cóncavos
de mi dorso, hasta la punta de mis pies.
Veo la botella
recuerdo tu esencia.
El eco de tu voz abre los astros
en el universo donde se unen y se desatan
las constelaciones de la pasión.

Es la fruta prohibida

Óscar Abdiel Romero Salazar
-Colombia-

Zumo de fresa,
el néctar de su boca,
que, con éxtasis rojo,
me provoca...

Dulce guayaba,
enhiestos, sus pezones,
que invaden con poemas,
mis rincones.
Y con su pelo inquieto
en oblaciones;
adereza mi cuerpo,
en sus pasiones.

Sus manzanas,
son himnos del pecado,
cuando explotan
sus jugos a mi lado.

Y me dan el sabor
que mi alma evoca,
como vino, que embriaga
mis canciones
y revuelve mi esencia
en su licuado.

Esencia traslúcida

Patricia S. Zapién
-México-

Hilos de seda
enaltecen una tersa y húmeda piel,
entre su color miel
y amanecer,
fino encaje rosado
que coordina maravillado
con la natural dureza
de canicas pulposas
en apetitosas areolas almendradas.

Las sumisas grietas de la vida
sugieren el camino
a la rotonda del ombligo
en el que apenas y de puntitas,
se aprecia la montaña
que conduce a las carnosas murallas
en las que yace la sed
de un ajeno manantial.

Curiosas bragas traslúcidas
esconden su néctar fragancia
bajo las nubes aborregadas
de un cielo de matiz anochecer,
donde las estrellas
se disfrazan de centelleantes lunares
nativos de las órbitas en sus costillas
y su blanda carne astral.

A los deleitables muslos
los envuelven flores de dalia
que en sus suaves pétalos
abrazan la esencia de mujer,
haciendo del ajeno manantial
el desbordamiento del placer.

Esperar

Fernando del Jesús Martínez Quintal
-México-

El sol no deja de castigar
mientras esperamos el transporte
su dedo nos hace mirar abajo
donde el pavimento está roto
se ha abierto por la extrema excitación de las hierbas.
El aire se ha hechizado.
La ciudad se descompone
evaporándose en una ilusión que asemeja un baile
mi sudor seducido por la danza se extiende
en un hilo conductor. Me deshidrato.
Las 12:15.
El camión trae consigo una estela negra de humo
denso, lleno de ruido, una tormenta.
Eléctrica, aparece la mujer
asciende sin detenerse
dejándome sembrado
el impulso me hizo abordar el vehículo:
fe.
Temblaba, estropeado por la velocidad.
Naranja es el olor que destilaba su nunca
los bellos finísimos se levantaban
se enredaban en un complejo peinado
si mi dedo tocara
uno de tus cabellos convulsionaria
la fuerza extraordinaria de tu ser
reventaría los vidrios
el único reflejo de tu rostro
te perdería
debería, ante todo.
¿Tocar tu hombro?
¿Morir?
¿Perseguirte?
Ciertamente nos persiguen continuamente
esta intermitente presión en el pecho...
Te levantaste

tus muslos dos pilares
bajaste
todo se desboronó de pronto
perdiendo velocidad
ruido y hartazgo...
El sol castiga de nuevo por la ventana.
Naranja el olor de las hojas.

Esta soy yo

Rosalía Mercado
[Una loca enamorada de un poeta]
-Argentina-

Esta, soy yo...
Esa, la que llego tarde a tu vida, la que permanece en la oscuridad,
escondida...
La que no figura en tus fotos, ni en tus contactos...
ni en tu vida...
Esa, que por no ser una princesa hace castillos de sueños en el aire...
Yo soy esa... que vive en la distancia.
Quien tu piel enciende y hace que tu cuerpo estalle de pasión y
deseo...
La que vive de las migajas de tu tiempo... esa que no nombras frente
a nadie ni con el pensamiento... Esa que no es tu amante, ni tu
amiga porque no existe en tu vida...
Esa, la de los labios rojos y cuerpo de tu delirio.
Sí, yo soy esa copa de vino que probaste y embriagaste... Esa, que
recorrió tu cuerpo con la imaginación sin descanso y sin fuerzas en
tus brazos se rindió... Si... yo soy esa... que, entre gemidos y
suspiros, grito tu nombre y un te amo mil veces más.
Yo, quien conoce tu lado oscuro... y hasta el delirio te hizo pecar...
Soy yo... Esa, la que tú nunca nombras,
pero jamás olvidaras!!!!

Evocación

Julio Garzón
-Colombia-

Llegaste a mí un verano,
brillaba la sonrisa en tu alma,
era la luz de tu estrella
o el resplandor de tu aura.
Lucías un jean ceñido,
y en tus pies de diosa griega,
unas sandalias doradas.
A tus veinte primaveras
llena eras de gracia
aroma de alegres sueños
tierna, nueva alborada.

Nostalgia de amor imposible
musa, pasión, Afrodita
en tu ausencia te amaba.
Sentí ternura en tus manos
y besé tus hombros desnudos
tu cuello dócil de cisne
y tu cabellera aromada
bebiéndome el sudor tibio
de tu cuerpo agitado.

Mi caricia descubrió misterios
en tu piel trémula,
y tus dos firmes volcanes
coronados de erguidos pezones
tu orgullo soberano
al placer consagrados.
Mis manos ávidas
reptaron impúdicas
sobre tu carne desnuda
por el temblor de tus muslos
a la cima de blando pubis
dónde palpitaba tu flor
de humedal y pétalos cerrados.

Fui conquistador,
y también, conquistado.

Pagana magia de dioses
fue tu esencia llamándome
y lujuriosa mi lengua se hundió
en tu gruta rosada
robando el néctar prohibido.
Tus dos esbeltas columnas
al ardor de mil ansias cedieron
y penetró erecto el deseo
en el palpitar de tu carne.
Entre susurro y gemido
fuimos uno los dos y los dos uno
y levitaron nuestras almas
la efímera danza del éxtasis
en un frenesí de caricias,
en la angustia eterna del beso.

Evocando placer

Aixa Francovig
-Argentina-

Tu aroma me persigue
y en sueños me envuelve;
me llega el insomnio,
mi cordura se pierde.

Recuerdo tu mirada,
suplicando por más.
Tus piernas como jaulas,
manteniéndome en el lugar.

Las marcas en mi espalda,
como ayer puedo sentir;
tus uñas que afirmaban
tu desenfrenado latir.

Distintas superficies,
son testigo de nuestro amar.
Sudor, sexo y jadeos
que no se pueden ignorar.

Aún siento en mi lengua
el calor de tu piel,
el sabor de tu esencia,
tu adictiva miel.

Mi cuerpo palpita,
pidiendo por más.
Mi mente aún no entiende
que ya no estás acá.

El placer bajo mi piel
lucha por renacer;
aquel que con tus manos
hacías aparecer.

Mis recuerdos inician viaje,
mi cuerpo me acompaña;
evocando tu presencia,
me entrego a nuestras mañas.

Mis labios susurraban
promesas en tu oído.
Con certeras estocadas
nos entregábamos al olvido.

Olvido que se extiende,
cual dos desconocidos.
Miradas esquivas,
palabras perdidas.

Con un grito ahogado
te declaro mi pecado.
Con mi cuerpo satisfecho,
te entierro en mi pasado.

Éxtasis contenido

José María González
-España-

Tu boca en mi boca oscurece la mente,
mis años caminan con pasos ausentes,
el viento maldito esconde su diente,
tu lado lascivo devora mi vientre.

Clara oscuridad posada en tu aliento
con mil mariposas de alas castradas,
penetra en mi angustia con ojo cautivo,
incita pasiones de verso proscrito.

El tragaluz absorbe mi ausencia.
Tus manos calientes acunan mi dicha,
consumida en un reflejo custrido
por besos pajizos que esbozan el miedo.

No conocí puerto de olas más bravas,
la espuma salada lacra mis sueños.
Abrazos vertidos en lúbrico instinto
desgarran la calma del frío sereno.

Se alarga el instante, cuarto creciente,
tan blanco, tan puro, tan grande, tan fuerte.
Tus pechos, mis manos, tu frente ardiente.
Deseo tu vida, tu alma, tu fuente.

Instante con arte... puro clamor,
mi torso delira colgado del sol.
Tu piel me fustiga con obscena obsesión,
desciendo las cumbres de blanco color.

Despacio, el reloj hiere al suspiro,
cae taciturno a la taza de té,
murmullo mundano oscurece la noche,
gemidos vacíos besan los pies.

Con tu aliento sobre la almohada
y mis ojos moldeando tu ser,
el fiel bostezo perfila un destino
que llorando esgrimió el orgullo ayer.
Esperando queda ya la luna
esos labios rojos sabor a miel,
posada sobre mi lúgubre pradera,
yerta y fría sin tu cálida piel.

Geografía

Martha Cecilia Ortiz Quijano
-Colombia-

Un hombre
quiere investir mi cuerpo
trofeo para ufanar sus glorias,
desde esos subterfugios de sus miedos
intenta con su ímpetu de bufón
bañarse en mis aguas
reposar sus horas en ese viejo muelle de mi espalda
hundirse en mi vientre, orilla.

Ese hombre es él
-esos otros-
que estuvieron antes en mis humedales.

En los desiertos de mi geografía
nace una flor
cactus en medio de mis piernas
inalcanzable para una boca sucia.
No puede navegar por los esteros de mis senos,
ni la planicie de mi ombligo
explorada,
ojos ajenos.

No soy de otros
ni siquiera de mí misma.

Inspiración

Dignory Baquero Millán
[Dino]
-Colombia-

Es tarde para imaginarte desnudo
para escribir versos eróticos
al fin te dormiste con mi ausencia
y me esfuerzo por inspirarme.

Anoche nos inspiramos en nuestras sábanas
y me entregué por completo a tus deseos
disfruté cada instante, cada pálpito
dibujando diferentes caminos.

Es amor, placer y arte
inventar, crear y disfrutar
como si fuese vez primera
sorprendernos con cada movimiento.

También fue para ti placentero
arrasé con todos tus alientos
exprimí todos tus sentidos
y te lleve del éxtasis al sosiego.

Tu alegría me lo muestra todo
por ello no podías conciliar el sueño
esta noche no me esperes
tengo que escribir algo erótico.

Isabel

María Carolina Mesa Ramírez
-Colombia-

No sé a quién comunicar mi presencia
Soy un murciélago cercado por el rayo de la noche.
El país de tu caricia se revuelve en el humo celeste
que ahora me congela.
Te conozco de antes
sé de los conejos blancos
saltando al fondo de tu anillo de plata,
he visto tus manos arañar cobardemente el fuego
para luego esconderse bajo el ribete del vestido.
Recuerdo por gracia o error
tu pequeña mueca afligida
guardando la indecible señal de lo que nace,
la primera vez que tu madre te enseñó su arruga creciendo en el
espejo.
Dices que tu padre era más fuerte que un tártaro
pero nunca volvió de una guerra en la frontera.
Escucho sus pasos extraviados en la agresión de tu propia alma,
Isabel...
¿Reconoces mi voz atemperada por los cataclismos de mi intelecto?
Debo confesar que aún cargo con la gravedad de un bostezo en mi
espíritu
lo que me impide acercarme
al niño risueño de mi comarca
o a la flor espléndida flotando sobre el cardumen.
En las noches sucesivas en que no te puedo hablar
el papel vacío, llena la copa...
sueño con la misma mandolina
retorciéndose entre mis manos
(creo que le perteneció a un rey frigio
cuyo pueblo fue azotado por la peste del oro)
incapaz yo de arrancarle una sola nota
a ese mustio corazón de madera,
despierto con tu voz
desnudándose en el rugido de la montaña negra
o al fondo de una famosa esfera de cristal rosado

de bohemia que robé a la reina de Sajonia
y que guardo para el día de tu boda
Isabel,
el mundo hace mucho que se hincó
ante el enjambre de tu vientre iluminado...
pero me resisto a beber de tu frente
la vida que te sobra
porque mi sangre se remonta a una generación de mentes en llamas
que abdicaron del amor y de la muerte.
Las horas se siguen unas a otras
dóciles y justas
como tus cavilaciones en estas líneas.
Deja que el tiempo profiera su última palabra
sobre esta defenestración prematura del alma
ya verás cómo la rosa devuelve el color a tus mejillas
y el jazmín rebrota en la tempestad de tus ojos.

Júbilo

Carlos Domínguez
-El Salvador-

Bebo el viento de tu aliento
mientras tu cuerpo
un vendaval abierto
movimientos que en su revuelo
te desnuda.

Te desnuda los hombros y la espalda.

Un oleaje abre tu cintura.
Tu pelo muerde y quema
cual tropel de azabache
corriendo en mi cuerpo
también desnudo.

Dos manos
Dos senos
En tu vientre
En mi nuca
Vuelo desplegado
La luna pierde su luz
Nosotros en un júbilo del cielo.

Justine

Duraham Lapitp
-Colombia-

Oh mi pobre Justine,
¿Por qué proscribes la carne que te dio la vida?
El instinto es el niño longevo de la evolución
que necesita el abrigo de tu candor.
¿Por qué idolatras la quimera del viento
y te sometes como una vestal
partidaria de Artemisa a los perjurios del convento?

En el siglo de las luces
aborrezco la modernidad y
rebato la masificación de la cultura.

Oh ¿por qué no atemperas mis agravios
y fundes tus penas con las mías?
¿Qué hace estremecer tu Himeneo...?
Desearía embriagarme en el seno de tu codicia y
diluirme en los surcos de tu dulce corsé.

Desearía tomarte con tal ímpetu y vigorosidad....
pero no... estoy atrapado por el pasado ...
la tristeza me embarga como una deuda
que nunca adquirí.
Sólo eres un pedazo de carne
que deambula en las calles injuriando el vicio.

No podría adorarte en la virtud
ni poseerte a la fuerza.
Estás esperando desvanecerte
en las mazmorras de este cuento.
Y mis palabras envenenadas de cicuta
serán tu perdición en las miradas de cualquier fulano.

La indecencia fresca

Milena Zuluaga
-Colombia-

La indecencia fresca
de una mente que se retuerce
cuando entras en ella
para despertar el instinto animal
poseyendo desde la punta de la lengua
que desea saborearte
hasta las manos que desean
masturbarte, arañarte, agarrarte
para no soltarte
instinto animal que sigue invadiendo
y llega a mis piernas
anhelando anacondarsen en ti
para sentir todo tu calor
y embadurnarme las entrañas
con ese respirar acelerado
que dicta el paso de la pasión
siendo en la yema de tus dedos
nota y canción.
Con la indecencia fresca
mojada...
chupe mis dedos
y los deslicé por mi sexo
para indicarte el camino de la felicidad.
Con la indecencia fresca
te hiciste animal
agarraste mis nalgas
para invadirme hasta el alma
dándote un festín en mis caderas.
Cabalgamos hacia el paraíso
siendo mía tu boca
siendo mío tu pecho
siendo mío tu sexo.
Sentí el sudor y el sabor de tu cuerpo
vibrar por mi cuerpo,
y te ansiaba duro, cada vez más,

recorriendo tu espalda con mis manos
quería meterte más y más en mí,
para que te quedaras allí.
Mis muslos te apretaban
por si en algún momento
quisieras escapar
pero tú, feroz animal
con la indecencia fresca
solo querías caminar por mi intimidad
devorándolo todo
hasta querer explotar
en el camino dulce de la felicidad.

La palabra "tú"

Karen Melisa García Guevara
-México-

"a René P.G"

Se palpan palabras errantes
en los cuerpos que negamos ser.

Mi piel se conjuga, en una palabra
y la soy por ti.

¿Quién piensa
que una decisión importante
no es como la de no palpar más una palabra,
no tocarla,
no vivirla
e ignorar cada padecimiento que causa?
suena estúpido e igual río.

Pero la palabra "tú" debe ser delatada
por hacerme sentir que existe un "tú"
enamorado, tocando mis piernas.

La palabra "tú" me enciende entera
con los fuegos que me arrojan
al inconsciente deseo de tu cuerpo,
ausencia, ensoñación.

Esa palabra pone tus manos en mis manos y me tocan cariñosas,
frágiles, suaves, certeras...
confunden la súplica de amor
¿En qué direcciones va?
¿Serás tú o yo esa debilidad?

Tus rostros de agua,
líquida forma del pensamiento,
un "tú" mutable,
mudan toda tu existencia
a la exquisita palabra que me moja.

"Tú"
espacio amorfo,
pausado, omiso
una mezcla de penumbras
y parpadeos cautelosos
por los que descubro
la soledad del éxtasis,
descubro la realidad frágil como vapor en un cristal,
me descubro sin ti al despertar.

"Tú"
marea de mi cuerpo árido,
caribe, sábanas de espuma blanca.
sueño tu olvido,
pero te sueño cálido, mío.

La sonata de sus pasos

Belén Olavarría
-España-

Sus pasos que se van
y a la esfera de la noche vuelven
apabullan el silencio que la velada pierde.
La música de sus pies,
la voz de sus manos,
el sonido de sus movimientos finos y delgados.

Desaparece el suave susurro de sus párpados,
detrás de la puerta oigo su lado
bajar de frente,
echar a andar por el laberinto de los hados.
Y huir de mi amor,
escaparse de mis brazos,
volar a un nuevo horizonte...
separar lo que uno era, y ahora son dos,
en caminos extraños;
diferentes y desconocidos,
como nos unimos nos bifurcamos.

Oí para siempre bajar sus zapatos por los peldaños.
Tras la puerta, en silencio,
me aprendí la sonata de sus pasos...
hasta perderse en la noche,
dejando que el tiempo
acallara mi llanto.

Las caricias que me habitan

Selene Argueta
-México-

Asaltaba próxima la hora de tu llegada
y a mí ya me amenazaba la tormenta
entre mis sábanas de veinte hilos,
me galopaban los deseos
con la fiereza de un mar indómito
y con el alma en rebeldía por ser reclamada
un susurro meloso cerca de mi oreja
resbaló por mi cuello
y yo desnuda con mi humedad transparente,
me estremecí
me quité la lencería y abrí las piernas
como puertas al infierno
recorriste mis hombros con tu olfato
y besaste trémulo mi clavícula desierta
dejaste que mis senos majestuosos y exuberantes reclamaran tu
saliva
me tenías sedienta
comencé a sentirme peligrosa
dos dedos sumergidos en la antítesis
de mi conciencia
delineando los bordes de mi talle íntimo
perfectamente estructurado para mi naturaleza.
Cierra los ojos -dijiste
mientras acariciabas mi paraíso
tu tacto en lo profundo de mis aguas
explorando las cuencas llenas de luciérnagas
mi botón, mi semilla
dos dedos, tal vez tres
las palabras comenzaron a ser eco
el pluvial nocturno hacía justicia en mi cama
mis muslos contraídos
mis pezones floreciendo
mis labios hinchados y jugosos
se debatían a duelo mientras me mordía la boca
el calor de mis trópicos comenzaron

a transitar hacia el sur de mi cuerpo
mientras tu delicada voz, susurra
-Eres mía
no te detengas
sigue así
así
grita
grita.

y grité.

Las mil y una poses

Jaime Campillos
-España-

Sherezade, ¿quieres pasar conmigo
mil y una noches?
mil de alcanzar las cumbres de tu pecho tierno
bajo una carpa en medio del desierto.
Nadie nos oirá, nadie,
tan sólo Pasolini nos vigilará, y dirigirá
nuestra lujuria con una claqueta.
La última noche lloraremos abrazados
por nuestra partida.

La luna, celestina y alcahueta, toca una percusión
marcadora de ritmos, los mismos ritmos tribales
que usas para bailar sobre mí la danza del vientre.
Tendrás para practicarla mil y una noches;
yo me agarraré a tus caderas,
cogeré unas manos de piel tersa,
desnuda y morena, las llevaré a mi boca
como la fruta que nos espera
en el bodegón de esa mesa de madera abasí.
Son afrodisíacas, pero no las mires,
la fruta más fresca está ante ti, te contempla,
te desea. cógela cuando esté madura.

Mil y una noches:
la mitad ya se han ido.

¿Leeremos, con frenesí orgiástico,
ese libro hindú prodigioso
que a sus adeptos enciende y cuyos ojos torna blancos
de lascivia velada por las sábanas de lino?
Nos faltarían capítulos por probar
aunque podremos escribir nuestras páginas
firmadas en sudor satírico,
un añadido sólo para nosotros
para consultarlo cuando nos ahoguemos en libido.

Déjate caer en esta alfombra persa,
(puede que vuele)
te contaré sobre Simbad el marino,
quien surcó los siete mares al escuchar
sobre la magia de tus divinos labios sirios.
o quizás te apetezca oír el cuento
de Aladino y mi lámpara maravillosa
cuyo genio te puede conceder infinitos deseos,
si la frotas.

Mil y una noches:
se nos hicieron cortas.

Lo que nos salva
de la muerte

Daniela Smeke
-Argentina-

El beso que nos salva de la muerte
está ahí donde se encuentran sus miradas.
El beso que da sentido a lo mundano
está en el dulce sabor de lo efímero.
El amor mata al tiempo, convirtiéndolo en magia,
llenando de vida los rincones de la rutina.

La caricia que nos salva de la muerte
está ahí en las curvas de su cintura
o en sus fuertes y protectores brazos;
en las manos temblorosas que te recorren
la clavícula sobresaliente o la nuez de Adán,
estremeciendo y erizando tu piel.

Sería injusto vivir sin haber experimentado la pasión
por aquello que nos diferencia
y por nuestras asombrosas similitudes.
Sería injusto permanecer inmóviles
al encontrar un alma sedienta de nosotros.

Después de todo,
lo que nos salva de la muerte,
es latir en otro corazón.

Locura o cordura

Ángela Sánchez Grandes
-España-

Entre arrebatos de pasión y lujuria,
obviando la culpabilidad sentida
y los reproches que después vendrían,
encontró la cordura suficiente
para dejar la cordura a un lado
y emborracharse con la súbita libertad
—instantánea pero sumamente breve—
que ofrece desatar los instintos
y desconectar la razón momentáneamente.
Corrió un tupido y engañoso velo
de excitación y gratificación inmediata
sobre sus inseguridades y miedos,
sintiendo que los cuerdos son los más sabios
cuando saben que no saben lo que hacen
pero sí que sienten
sin mordazas ni complejos.

Manos

Van Cez
-Argentina-

Que sean esas las manos (las que no existen)
blancas frías fuertes u otras
las oscuras las tristes las pequeñas y nerviosas
las que no existen las que nunca existieron
las que con firmeza con osadía con desdén con dolor
aprisionen mi cara la eleven la levanten la jueguen
la hundan la moldeen como arcilla o a un juguete
ser la marioneta de esas manos que con los ojos abiertos o cerrados
creo dibujo (invento) como con las palabras
como quien dice beso diré manos y ellas vendrán a mí
saldrán de las cortinas o de las paredes:
esas (tus) manos las que aprietan y lastiman
las que obligan a abrir los ojos y reír gritar o llorar
no habrá rostros (ya nadie quiere rostros)
el mundo los cuerpos están ya tan repletos de rostros
que la única cara que quiero ver es la mía
reflejada en el alma de todos los espejos
mi cara original (la que me dieron antes de nacer)
la que no fingía asco al ver una lombriz al acercarla
frotarla y refregarla contra la cara al llevarla a la boca
esta vez serán tus manos las que veré:
no fingiré asco al acercarlas a la cara
al refregarme contra ellas al llevarlas a la boca
será un sexo impersonal (como con las manos)
será un sexo sin rostros
al azar de los rostros (podría decirse)
al azar de los rostros (digo)
tu rostro será una bandera cansada cubriéndome
el cuerpo
tus manos serán alitas de gorrión envolviendo
la desnudez de ese cuerpo lo ingrato del deseo
y abriré los ojos y los cerraré
cada día cada tarde o cada noche
y sabré del dolor de que nada cambie:
que ya no importan ni mi estar ni mi cuerpo

saberme muerta de ahora en adelante
y saber que hay todavía vivos (y con cuerpos)
con ojos con manos (esas manos)
y bajaré los brazos ante la certeza de que esas manos
no existen ni existieron ni existirán:
que los gorriones se quedaron sin alas
que las banderas se vaciaron de cuerpos
que el deseo no es más que una excusa
para la memoria involuntaria
para lo que se dice, el recuerdo.

Manos de placer

Gustavo Rodolfo Díaz Arias
-Argentina-

Querés la esencia precisa,
ámbar honrando la sedosidad de tu piel.
A mí no me queda otra cosa,
pero mis manos.
Manos portadoras de felicidad y abrigo,
auxilio de dioses y del mundo.

Manos edificadoras,
abrazadoras de ensueños,
alentadoras de pálidos cielos.
Mis manos danzan en cuerpo ajeno,
son aves,
criaturas del arte.

Mis manos...
son amantes felices y libertadoras,
destruyen esclavas y otorgan dicha permanente.

Mirá por dónde y cómo suben suavemente
por tu cuerpo,
deberías detenerlas,
antes de que lleguen al lugar de las promesas.

Por favor...

Manos traviesas

Gabriela Tejada Báez
-Ecuador-

En una tarde de verano
en el invierno ardiente de mi timidez,
entré en mi habitación para que el sol
acampe de mi calor.
Despojada de la ropa,
sentada al filo de la silla,
con la luz a mi espalda,
miré la sombra de mi belleza en la pared.
Fue una gota del zumo dulce de sudor,
que al caer me embriagó de lujuria,
porque al sacudirla de mi pecho
con el roce de mi mano,
sentí como mis senos se ofrecieron;
sin querer pensé en ti.

Fui hacia la cama al encuentro
con una huella escondida,
de tu disfrute felino, de tu goce animal.

Solo hallé la amnesia de tus dedos callosos
cansados de jugar con el terciopelo
negro de entre mis piernas.

En ese instante te comencé a extrañar.
Y mi mano inquieta y traviesa
empezó a descubrir mi cuerpo
con la misma fuerza con la que lo hacías tú.
Mis muslos se endurecían
como la piel de seda gruesa de los campos
al amanecer.
Mis pechos ardientes como volcanes en erupción.
Mi mano seguía en su locura,
sintiendo como el rocío sobre la paja su aposento.
Pero yo seguía pensando en ti.
Sentí entre mis piernas hilos finos

que recorrían como gotas de un arroyo.
No era ácido, no era sudor era un néctar,
una leche tibia que algún día
te amamantó.

Maullé tu nombre,
corrí a un encuentro con el agua fría
a lavar mi pecado para no convertir el
deseo en vicio

Y al salir después de aclarar mi vergüenza,
ante el espejo me mire fijamente
sin pasar por alto ni una pausa entre curva y
curva, creí olvidarte,
pero descubrí que me había enamorado de mi ...
de mi inocencia virginal.

Manual-sexo

Isbel G
-Cuba-

Esperaba ella la subida tempestiva visceral
de la mano
el dedo índice escurriéndose la falda,
ese escozor del vientre leve contra la mesa

La música gira, danza, gira.
Danza su mano, me busca.
Danza y gira el placer gotea la melodía.
Sus nalgas también danzan en el rictus de la noche

Su mano desanda mi cuerpo en el amparo de la mesa.
La melodía.
La noche.
Muslos que se esparcen.
La boca mira los ojos que se besan del otro lado.
Lento muy lento los ojos se cierran.
Solo imaginan tras los párpados.
Lento muy lento un dedo.
Ella sabe el del medio.

Contra la luz mínima que gira la reparación se pierde.
Ah, su mano que asciende.
Desciende.
Asciende.
Desciende.
Transpira y gira.

Yaa, yaaa all that she wants
La música se tensa.
Tiembla.
Y gira.
Los ojos se abren.
La cerveza caliente en la mesa.
La música retoza con los labios.
Antes de perderse en sus senos.

Marrakech

Gabriel Padilla
-México-

Mi vista se pierde en tu desnudez,
en aquel moreno hombro
que beso con deseo desmedido,
mientras mis manos traviesas sienten a la vez
la redondez de tus glúteos,
lo pronunciado de tus caderas,
la hendidura húmeda y el néctar
que se encierra en tus sabores y núcleos...

La oscuridad de la habitación crece,
como marejada nocturna
para ahogarnos en sus temblores
mientras mi cuerpo transpira, se mece
al compás de tus vaivenes, de tus gritos,
de tu piel sudorosa que me contagia
estas ganas de olvidarme del día,
del mundo, de la soledad en que vivo...

Tus senos se convierten en alimento,
en maná del cielo y el infierno
que me llena de pasión y lujuria,
que me excita, se convierte en tormento
cuando tú te despiertas en la mañana
y retomas tu camino,
regresas a tu vida alejada de mí,
mientras yo muero una tristeza arcana...

Me hace falta
tu cuerpo

Amalia Eduany Ramírez Silva
-México-

Son estas noches de invierno,
donde el frio de las sábanas,
se enredan con el calor de mi cuerpo.

Con tu recuerdo,
paso mis manos,
donde tu solías pasar tus besos.

No es que te extrañé,
pero me hace falta tu cuerpo,
o acaso ¿sólo es deseo?

Son estas mañanas de verano,
cuando el sudor moja mi cama,
siento el frio al estar sola.

Imagino que estás conmigo,
con cada gemido.
no te he de mentir,
tu hacías algo que no olvido.

Mi mujer

Pablo Causa Fernández
-Uruguay-

Mi mujer es lo menos mío del mundo...
Mujer...
con abrazo de nube de algodón perfumado
por los mismos aromas que embriagaban a Safo,
y que son como el eco de una esencia invisible.

Mujer...
Con pelo de fuego y aliento de trigo.
Con rostro de ninfa y sonrisa de niña.
Con pecho de estufa encendida en invierno.
Con vientre de ocaso en el río del tiempo.
Con pubis carcaj de las flechas de Apolo.

Mujer boca abajo con cola de mundo
partido en dos nalgas de carne de luna,
y en medio un abismo, como un precipicio,
profundo y deseable igual que la vida,
donde una bombacha se hunde en la sombra
prometiendo un hondo tesoro de Venus,
al que oculta y enaltece,
como el lujoso pórtico
de un palacio encantado.

Mujer...
Que endulza el idioma con suaves palabras.
Con alma de sabio que alcanzó el Nirvana,
y enojo de árbol,
que a nadie niega su sombra.

Momentos

Raquel Pietrobelli
-Argentina-

El mundo no sabe de nuestros caminos
el mundo es ajeno a ciertos destinos,
él solo gira, bien indiferente
porque no presiente... cuánto yo te amo.
No sabe que cuando te miro
todo se detiene,
se encienden pupilas, cabalgan estrellas
estalla el momento, en un sortilegio.
Sé que estás ahí
y estás a mi alcance, quisiera tenerte
con el susurro de una caricia muy leve
y con la fuerza de un mar embravecido.
El mundo no sabe, lo que es sentirse tuya
ni descifra lo que es un beso,
de labios urgentes y de manos tan ávidas,
es caballo a la deriva
que despliega sus crines, peinadas al viento,
galopa, furioso, en nuestros latires
y sorbe los aires con salvaje empeño.
Es tan solo un beso, que abre las cimas,
sueltan los demonios en lavas que pugnan,
pero nadie advierte que ese tierno beso
arrebuja mis savias con los soles tibios
pero aguza mis venas en salvaje fiera.
Cuando muerdes mis labios
con locas consignas,
tus pieles, astutas, me invaden sin freno
como conocidos moldes, de hormas peculiares.
Me entrego a tu beso, tan descarado y turbio,
portal de tantos sones,
del paraíso agorero,
preludio de rosas que pronto florecen
con lluvias que brotan con gran impudicia.
Llega el momento del buen desenlace
el regio momento de rozar honduras,

imploro que sigas, tomo tus anhelos,
el volcán avizora,
brotando en caireles,
me siento la reina de un vasto universo
bebiendo tu sangre agitada en mis ríos,
temblando de esperas, colmando mis ansias,
te digo te quiero, y ruge mi grito
cual mágico canto,
sintiéndome libre, y felizmente esclava.

Náufrago

Carlos Campos Vásquez
-Perú-

Volteada y desnuda
subyace en su piel una sutil estela de barcos flotando.

Su cuerpo es un azul laberinto
un refugio de hormigas carnívoras
con espasmos de fuego.

Hundidas están las islas
y los náufragos ausentes
todo es materia incandescente
casi oscura.

La génesis del placer obstinada pero esquiva.

Navegante soy
a tientas
no hay Orión ni Casiopea en este universo.

No un mapa
ni una señal de esta ignición subitánea.

Volteada desnuda e incendiada
soy un dinosaurio o un náufrago en tenaz telaraña.

Necesitaba sentir

Silvestre Santos Pillán
-Chile-

Necesitaba
percibir tu aroma
comencé a inspirar
como un perro sabueso
me deleité una y otra vez
de tu vainilla
de tu almendra
de tu anís
bajo tu ombligo
me extasié
de azahares, azucares
y de sales.

Permanecí quieto
había encontrado mi presa
lamí, lamí, lamí...

...hasta escuchar
tus quejidos
dentro de mí.

No sabes...

Yolanda Felicita Rodríguez Toledo
-Cuba-

Corre sin sed mi ropaje,
el tiempo no es este instante.
Sostén mi mano que errante
ha de vagar sin ultraje.
Que el deseo no desgaje
toda la magia, tu boca.
¿Por qué me quitas la ropa?
Estoy desnuda, lo sabes.
No busques espacio, cabes
donde el rubor se trastoca.

Como mismo te conservo
en la memoria. No sabes...
Tensa mis dedos, son naves,
siento tu voz, y te observo.
Sos de mi gusto. Reservo
todo lo en ti recorrido.
De tu recuerdo he vivido
cuando una lágrima gris
hizo surco, cicatriz
que rememora el olvido.
Ven, te esperan los confines
de esta tierra que no aguardas.
Vuelve a escribirme, ya tardas
en descifrar los delfines
que te dibujo, sinfines
de letargo sobre un lecho
ponen a salvo el derecho
de naufragar que nos toca.
Guardo tu sed en la boca;
no me alimento, te asecho.
Voy a esquivar los instintos
de animal que cobijo
la sangre con su acertijo
de destajos y recintos.

Puedo romper estos cintos
de metal, atan mi cuello
y me impiden el resuello
de sobriedad oportuna.
Llega el misterio y se acuna
donde la bestia lo bello.

Nuestra cama

Jorge Hu Vargas
-Perú-

Toma mi mano y déjate llevar,
toma mi mano y ven aquí;
mira que a nuestra cama la desconozco;
está helada, distante y parece de otro mundo.
Ya no parece nuestra noble y cómplice cama.

Esta cama lo que necesita, exige, por lo que grita
es por nuestros cuerpos, nuestras formas, nuestro
combinado peso. Y nuestra, ya conocida,
temperatura corporal; con la que se quema...
con la que feliz y orgullosamente se quema.

Esta cama lo que quiere es verme
recorrer con lentitud y paciencia,
cual caricia...tus altas, profundas
y desconocidas tierras;
verme recorrer todos tus rincones con minuciosidad, cual
explorador.
Y si debemos trabar combate, hacerlo, con bravura
y determinación
día y noche, noche y día; sin detenernos
y sin descanso
y siempre, con fuerza pasión y valentía.

Luego, en esa misma cama, apretar tu ser
contra el mío
permitir que nos podamos sentir mutuamente
y después dejar que nuestros cuerpos ardan
y se fundan.
De esta forma, conquistar mis nuevas tierras...
y clavar profundamente mis estandartes
en señal clara de pertenencia y victoria.

Esta cama implora por total fantasía, cariño,
amor, pasión y salvajes juegos ¿Por qué no?
Nuestra cama lo que necesita es
todo lo que se le antoje a la noche.

Obsidiano fuego

Leyser González Chumancero
-Perú-

Bajo esta cornea estrellada de sofocada histeria
la afrutada piel vivaz de ondeados vapores arácnidos,
repta hacia mis cárdenos cristales de ojos brujos.
Su genuflexo arqueado aroma,
templa el metálico nervio
sobre la afrutada cápsula añejada
de simbiótica locura.
El google deseo se deshace
sobre las hinchadas amapolas
sobre el líquido de cristal de fuego
las profanas lujurias.
Voy por su boca, atragantándote el alma
de cementerio,
entro en su cueva de musgos,
de agua las lunas olorosas
y en el claustro pozo obsidiano de orgiásticas ninfas,
silba el grueso ciclope bañado
de pegajosa lluvia etérea.
Voy bajando por su endemoniada colina terciopelada,
curva caliente, inopia laxa, apretado punto elíptico.
Voy bajando, el rumor de su apretada fruta
golpea mi rostro,
abre las musgosas puertas
de mis religiosos hoyos pecadores.
Su trifásica sonrisa descotada en un heterónimo cuadro mudo
la escucho en todos mis acaramelados
bosques ululantes.
Voy por su descalabrada soledad
de áulicos espejos rojos,
y entro en su dinos áurica alma
de seseantes manicomios.
Chasco las ramas de los dedos, y las impías luciérnagas de la noche,
acuden de los cardinales bemoles
al desnudo cuántico placer,
a enriquecer la paupérrima barca sin oro,

de millones de medusas.
Voy bajando y en su perezoso charco dormido
de tempranos lotos
soy un oscuro pez ondeando en las mansas aguas
de su poblada cueva.
Voy entrando, donde los toboganes silencios
son gargantas canoras,
canoras sinfonías abrazadoras, abrazadoras voces rojas
relampagueantes.
Voy entrando, afuera es un fonema vergel de frenéticas frescas
frutas,
adentro es una jolgórica catedral de coros
y genésicos sacramentos.
Todo es algorítmica locura, los ríos desbordan
al dormido tronco,
lo llenan, lo agrandan, lo animan, lo endiosan,
lo embarran,
adentro todo es extracto, dulce ceguera de trastornos,
sus mugidos últimos adentros, la jarana,
el ritual, el coctel.
Mirando el sol los fuegos de sus puntos son
locuras eternas,
caigo despedazado en sus substanciosas
carnívoras flores
tan desquiciado, tan turbado, tan atarantado,
tan suyo,
que no quiera volver nunca más en mí,
a mi huraña sangre,
a mi envejecida sangre, que corre por su boca cada vez más roja,
cada vez más tangible, cada vez más animal, cada vez más hombre.

Ondulaciones del deseo

Raúl Alberto Carcaño Loeza
-México-

Éramos dueños de un erotismo sin código
ni frontera,
escribíamos salmos de amor en ondulaciones de aquel deseo.
Lenguas de fuego chispeaban en nuestros sexos
y sobre la desnudez de nuestras esencias.
Éramos carnalidad y pozo de placer,
verdaderos idólatras del amor viviendo
en mundo aparte
que se recorría a sí mismo, mitad paraíso,
mitad infierno.
Atada a esa pasión, aún siento sobre mi cuerpo
tu furor osado
recorriendo mi espalda, hinchando mis senos, calentando mi sangre
con esa lascivia furiosa de mar abierto
y tentación endemoniada
llena de sensaciones sin cordura ni conciencia.

Eras amor perverso y yo musa descarada.
Amabas verme con tacones y medias de seda;
con falda corta y blusa de gasa
y debajo de ellas...nada, sólo mi desnudez.
Amabas mis pezones largos, mi ombligo pequeño,
la profundidad de mi sexo y las uñas de mis manos.
Decías que mi belleza era territorio sin crepúsculo
y que mis besos hacían callar al tiempo.
Tu presencia era sol ahíto de deseo
que prendía en mí el ascua inicua del pecado
en esas vías que recorríamos desnudos
en un cuerpo a cuerpo de nocturnos y solsticios
que me enseñó a desearte hasta el delirio
y a no probar más néctar que el de tu miembro.
Y me refugiaba en el trazo duro de tu pecho,
mi lengua acariciaba tu erección perfecta,
dardo enfebrecido que colmaba mi hendidura
y hacía brotar su humedad y mi gemido.

Estrujantes y voraces nos poseímos
una, otra e incontables veces
en oficios de seducción y placer.
Mas luego llegó el desencanto, te tornaste abstracto,
me alejaste tu cercanía y entonces sentí
lo vago de tu mirada que ya me miraba sin verme.
Y me dejaste varada, flameando a solas,
sin aquella pleamar de tu deseo que bañaba mi sexo
triángulo invertido que hoy palpita ansioso
ante tu recuerdo,
santuario amoroso que converge
en húmeda angostura
oculta entre labios que sólo se abrían para ti.
Fuiste piedra angular de mi frenesí amoroso
y me entregué toda a ti
con mis arrebatos de cortesana
y mis ansias carnales
mas hoy, eres es sólo imagen
en el silencio de tu ausencia.

Para amarte

Paulina Isabel López Montecinos
-Chile-

Para amarte voy a amarme,
volar con mis alas
y encontrarme contigo,
seguir mis sueños
y acompañar los tuyos.

voy a construir una hoguera
e invitarte
a sentarte junto a mí
junto al calor
del hogar;
nuestro hogar.

Para amarte voy a amarme,
hacerme feliz
y aceptar tu hombro
para apoyarme,
llorar, besarte
y descansar.

Voy a acariciar tu pelo,
y ser bella junto a ti,
ensamblar un nido y formar un cuenco
con mis brazos
capaz de contenerte
pero nunca retenerte
ni encarcelar tus libertades.

Para amarte voy a amarme,
ser montaña y bosque nativo,
tierra y lago,
cielo y roca
y vivir tus glaciaciones,
abrazar tus tempestades
y tus calmas.

Voy a nadar en tus silencios,
acogerme a tu mirada
y buscar cada día,
justo allí, precisamente,
esa risa escondida
que quisiera cosechar
como sol en el trigo.

Pasión

Roberto Rinaldi
-Argentina-

Flores
eso vi sobre tu vientre
y mariposas,
un resplandor que me hechizaba,
eso vi.
En el bosque, no me esperaba el lobo
pude llegar.
Llegué hasta el altar que imaginaba
¿no sé cómo?
¿Qué fortuna precipitó el encuentro?
Abejitas de colores, piedras preciosas,
fragmentos de destinos que se juntan,
faroles encendidos, el horizonte.
desde entonces la mañana,
me incita a beber miel.
Diminutas campanas, candescentes,
sonaban en tu boca,
cada día el deseo, rompía una barrera
y entraba en sortilegios difíciles de narrar.
¡Se sabía el amor en la forma de tu cansancio!

Pasión tropical

José Tafur Quiroz
-Colombia-

No conozco de brújulas cuando te acercas
a mi barca,
extravío el rumbo de la proa,
el timón se revela en desacato
y aunque luche con todas mis fuerzas
pierdo la batalla.

Entonces, me dejo arrastrar
me abandono a la geografía de tu piel
como un pirata acosado por las tormentas del deseo
dominado por las bestias que habitan
este mar encabritado.

Un mapa de tu cuerpo
revela zonas donde puedo atracar
donde manos y lengua pueden encontrar tesoros.

Estudio la ruta del deseo
con la fe de posicionarme en tierra
con la astucia de un pescador que sabe
en qué pliegue de altamar puede lanzar su anzuelo.

Inicio la travesía en la zona franca de tu cuello
me deslizo suavemente por la ensenada
que ofrecen tus clavículas.

Bajo escalones de pecas
hasta llegar a la balanza de tus pechos
salinos y erectos al roce de mis manos.

Mido el peso y la constancia de mi lengua
que dibuja un camino de suspiros en voz baja, gemidos
interminables
cuando te susurro palabrotas al oído.

Llego a la fosa de tu ombligo
dejando un rastro de ansia
que devoran los cangrejos.

A medida de temblores y estremecimientos
supongo que estás a la deriva,
próxima a explotar en las bóvedas del Atlántico.

Continúo el recorrido por un camino de musgo
vientos alisios empiezan a soplar
y mi vela de navío se tiempla
en busca del Triángulo de las Bermudas.

Y oh gloria de los océanos
oh furia de los Dioses
encuentro por fin el delicado terciopelo
de tu alga marina.

Me sumerjo en su savia hasta lo más profundo,
pruebo las delicias de su encanto
con mi lengua de pez de espada.

Mis dedos aprenden nuevas formas, valles, declives
una fauna submarina sin clasificar
ahora mis tentáculos te abrazan
en constancia de esta fuerza marítima.

Dibujo tiempos de niebla con pronósticos de lluvia
señal para desembarcar,
para vivir como un pirata en esta isla
de carne y hueso.

Mi arpón atraviesa millas náuticas
tu mar se nota convulso desordenado
una columna de tonos fluorescentes
tiñe con lascivia
la superficie del océano.

Y así,
y de mil maneras
un par de calamares
a la estela de Poseidón
mueren ahogados en su propia tinta.

Piel canela

César Aldana Maza
-Colombia-

Me pierdo en tu piel morena,
morena como lo dulce
y picante como canela.
Tus labios muerdes,
mis ganas en el instante enciendes.
Me conoces como tu mano,
y sin duda vas directo al grano.
Sentándote suavemente
sin despegarme la mirada,
esas piernas cruzadas intensifican mis ganas,
sin mencionar palabras las abres lentamente.

Entre tus piernas la vida, la muerte,
se me hace agua la boca como siempre.
Ese jardín sin girasoles,
ese panal sin abejas, pero con miel,
que se derrama justo hacia bajo,
sin prisa sin atajos.
Tus dedos hacen el trabajo,
de arar para sembrar,
de regar sin ahogar,
de invitarme sin llamar.

Acepto la invitación, y voy directo a ti,
te beso sin frenesí, te toco con locura
cada parte de ese cuerpo,
a lo largo y a la anchura.

Te acuesto y me deleito con tu obra de arte,
no quiero ser poeta, pero sí el mejor amante,
sin duda.
Esos pechos, esa cintura,
se valorizan como la más cara pintura
del más famoso pintor.

Me lanzo sin control
sobre esas praderas desnudas
y mi lengua saborean
esas olas sin mareas,
que se estrellan en mi boca,
como el agua entre las rocas.

Te derramas sobre mí.
Tus manos se aferran a las cobijas
tus uñas ya fijas las presionas sobre ellas,
y entre y gemidos te levantas de prisa.

Mi cuerpo sin camisa tu cuerpo sin vestido
y sin pizca de vértigo te trepas en el tronco
sin miedo a la altura te agitas sin parar.
Esos ojos ya blancos
esos gritos muy francos,
me arañas el pecho sin detenerte un instante
no hay tarima ni cantante, pero sí aplausos seguidos,
y entre golpes y gruñidos
me desbordo dentro de ti.

Piel de carbón

Camilo Monetta
-Uruguay-

Cae la noche en mi habitación.
La luna desata tus recuerdos.
Mi cama revuelta, siempre te espera.
¿Dónde estarás? piel de carbón.

Mujer pequeña, con ojos cautivantes.
Llévame a tu hoguera,
abre tú habitación.

Transformamos carbón, en brillante diamante.
Morocha con ojos alucinantes.

Ofréceme tú piel.
No será con él, que estremezcas tú piel.

Transformamos carbón, en brillante diamante.
Morocha con ojos alucinantes.
Permíteme que desabroche, el último botón.

Nuestros cuerpos le dan forma,
a nuestra imaginación.
Mi alma queda aturdida,
dibujando una mirada distraída,
ante tú partida.

Poema de la gitanilla

Miguel de la Cruz
[El asceta]
-España-

Ah..., gitanilla morena, gitanilla del negro pelo,
arrancada de tu infancia como un geranio del tiesto.
Ay..., gitanilla escuálida, sin muñecas y sin juegos,
te obligaron a casarte y gestar unos frutos dentro.
Una inmadura fruta verde, que cuelga del cerezo.
Te viste desde muy niña deformado todo tu cuerpo,
una exprimida muchacha cual zumo del pomelo.
Con tus catorce primaveras marchitadas
por el tiempo,
unas hojas zarandeadas por la tristeza del viento.
Tu cultura enraizada como un chopo al riachuelo,
bebe de una agria agua carente de un sentimiento.
Das el pecho a tu pequeño, colmando
al niño sediento,
la preocupación de toda madre
que no le falte el alimento.
Ay..., gitanilla guapa con un destino incierto,
¿Quién fue el desalmado que te arrancó del pueblo?
Ay..., mi sufrida niña, intercambiada como un objeto,
una transacción inapelable de unos padres
por dinero.
En tu cueva del Sacromonte, arriba del cerro nuevo,
te obligaron a ser madre esposa e hija
de unos suegros.
Lavas y tiendes la ropa con el aroma de tu cuerpo,
recoges agua en la fuente,
en la fuente del desconsuelo.
Lavas tus morenas mejillas con lágrimas
por un duelo,
duelo por la niña perdida entregada a un forastero.
Ay..., si volvieras niña a relucir tu pañuelo,
blanco como una paloma que se posa en un lucero.
Ay..., si volvieras gitana peinando tu lindo pelo,
sentada en la alegre puerta con jardines de romero.

Una fachada tan preciosa lugar de tu nacimiento.
Ay… si el tiempo te dejara volver
a tus lindos recuerdos,
a la felicidad de una moza e inocencia de un juego.
Gitana que escrita en la cara,
portas la estéril tristeza…
¿Dónde quedó el brillo del lucero de tu pureza?
Ése resplandor de pupilas ante el abrazo más tierno,
de seres que te observan desde las cumbres del cielo.
Gitana que interpretas los destino por dinero,
en unas manos ajenas sabedoras de trayectos.
Sobre las altas lomas del barrio granadino,
hay una pobre anciana, que está lejos, muy lejos…
y está sola, muy sola.

Prestada luciérnaga

Luz del Mar Higuera
-Venezuela-

Quiero que revientes mis espacios
mi silencio de corazón de hielo
abro la ventana con el alba
tus montañas se dejan entrever
tierna y delicadamente muestras la nieve
de sus puntas
el deshielo es evidente
voy al sur
recorro suavemente el río caudaloso
ya no hay hielo
solo la lluvia se refleja en la ventana
con la punta de la lengua la pruebo
tiene la sal perfecta
así como tu cuerpo
lleno de sales aromáticas
azucenas, jazmines
es el aroma que proviene del sur
y navegas por mi río desbordado
lleno de miel
transportas la miel
que corre por los muslos
sabe a manjares ya conocidos
recorro suavemente
me mojo
mojas también las cavidades de otros
que van probando mieles prestadas
de pronto desapareces
en el sueño de los otros
que te convocan insistentes
salvajemente te apareces en ellos
y succionas sus pieles
por las noches
te apareces en mi sueño
solo veo el reflejo de tu ego trastornado
que desea poseerme

pero ya es tarde querido
hoy la noche se hizo día.

Reencuentro

Alfredo Ramón Castelli
-Argentina-

No haremos nada que no quieras (dijiste)
jugando con los hielos,
maltratando el cristal de la copa,
humedecido tu dedo en la medida de alcohol.

Remojábamos varios años sin vernos
hidratándolos en el recuerdo y la bebida.

De antemano venías manoseando
mi tímida respuesta
que a tropezones caía de mi boca
desesperada por ser complacida.

¡Bien conocías la flor de mi pena,
mujer... y yo, el oscuro de tus colibríes!

Pero para esas alturas
metros y metros de charla
me habían puesto
en la cima escarpada de tu belleza,
y arrojado a la caricia del buen clima
las brisas tibias de tu voz,
en los besos furtivos,
por la pendiente de tu cuello,
fue imposible no entregarme a degüello
como el condenado buey
que fija rumbo al matadero.

No hubo tocado el suelo
el desoje de nuestras ropas,
cuando ya tenías amarrada
mi cintura entre tus piernas,
mi lengua en tus orejas
y un arrojo de espasmos
salpicando las paredes

entre sombras y ecos
en nuestro viejo motel.

Me llevé de aquello lo poco que me dejaste,
todo lo demás lo metiste entre tus carnes
con el sudor que resigna el final victorioso
que lleva a la gloria del orgasmo.

Prometí volver a buscarte
pero no me dejaste.
si alguna vez fuera mi grosería
la que rompiera con nuestro amor adolecente
por aquellos tiempos idos.
Ahora en este sublime y carnal acto decías;
- hoy toma lo que te ofrezco, mañana, veremos –

Bien conocías la flor de mi pena
y yo el oscuro de tus colibríes.

En la rueda de la vida
te cobraste el ticket
que hacía década y media
te dolía detrás de las costillas.

Relieve recorrido

Eduardo Antonio Orta Hernández
-Venezuela-

He trabajado tu cuerpo
como el escultor:
con delicadeza, maestría y empeño
como él, luego de terminada la obra
se recrea extasiado, satisfecho
reflexionando que su labor
lo ha complacido.
El triunfo
se debe
al influjo mágico de su musa.
He recorrido el relieve hermoso
de tu cuerpo marino.
Conozco el misterioso y apasionado paisaje
en la diversidad de tu horizonte.
He caminado milímetro a milímetro
toda tu geografía.
Me he introducido dentro de ti
para acalorarme
en las profundidades de tu ser.
Me he bañado en tus blanquísimas
olas marinas.
He saboreado el manantial salobre de la vida
desde las playas hermosas de tus pies.
He ascendido, conquistando
la luminosidad de dos estrellas
que alumbran mi camino.
He remontado toda tu cuesta
para saborear los dulces, erguidos
y diminutos picachos
que hacen florecer a la primavera.
Más arriba, arriba
he probado el néctar vinícola
de tu rosado aliento
que la brisa marina
riega sobre mi rostro.

He bordeado la vertiente
por el cauce derecho
para descubrir el punto
oscuro y negro
que delata lo misterioso de la vida.
Todo tu relieve lo he andado
sobre él todo lo he hecho.
Me he recreado en su extensión
y he regado con la savia infinita de mí ser
ese hermoso valle
que pronto ha de florecer.

Rutas paralelas

José Monroy
-México-

Las vías que me llevan a otras vías son frías
y sobre ellas corren las rutinas personales:
al trabajo, a la casa, a buscar los amantes
desde cualquier lugar y todos los días.

No muy lejos de la estación ellos me aguardan
entre grandes arbustos y rieles olvidados
ocultas, arropadas por vegetales mantos
las flores de piel esperan ser besadas.

Anónimos colibrís ansían otros néctares,
níveas y fragantes expulsiones en cascada;
lo que coloridas flores sueñan ofrecer.
las mudas paredes observan todo el placer
que olvidan, tras caucheras pistas abandonadas,
aves y flores viriles: Orestes y Pílades.

Ser en París

Manuel Zurita
-Argentina-

Te soñaba y ahora estás delante de mí.
Una noche fría,
pero este cuarto como Troya arderá.
Me miras, te observo,
te muerdes el labio sabiendo que me puedes.

Te encanta jugar con fuego,
sabes seducir a mis demonios,
pero no me voy a negar a pecar.

Deseo conocer el infierno,
que habita en tu ser,
si me acerco,
muero rendido a tus pies.

Galopan mis manos por tu piel,
rasgando cada vestidura,
trazando el camino hacia el Edén.

Me besas, caigo en tu sostén,
mis ojos y tus pechos,
nace el eclipse al placer.

Tres felinas arañando mi espalda,
dos cuerpos enredados entre sábanas,
deseando ser uno,
entre tus piernas, adentro tuyo.

Mi boca y tu cuello,
desatando tu instinto,
te agitas y aúllas;
mis manos aprendiendo a domarte,
viajan por tus pechos,
encadéname a tu lecho.

Mis dedos te rozan,
tus labios y mi lengua,
haciendo arte el lenguaje,
que se inunde París,
para saciar mi sed de ti.

Siento tu boca,
escalar la Torre de Pisa,
empaparme de tu saliva,
abrazarme con tu calor,
ser volcán en erupción.

Abrir las puertas del Olimpo,
penetrar tu imperio,
hacerte la guerra,
hacerte mi dueña.

Ser en ti,
mientras las olas chocan en tus orillas,
y tus gemidos se vuelven sinfonía.

Hacerte arte bien profundo,
que la tinta se corra,
escribirte la piel a fuego,
morirme en tu pecho,
volver a nacer en tu verbo.

Silueta

Antonio Ochoa F.
-México-

La silueta más valorada,
es tu silueta desnuda sobre la cama.
Me roba el suspiro y atrapa la mirada,
que solo por la luna había sido cautivada.

Reposada y desnuda sobre la cama
exponiendo algo más que el alma,
presagiando la tormenta tras la calma.

La briza que eriza tu piel,
no es nada más que mi cálido aliento
por estar dentro de tu ser.
Con el brillo de la luna sobre tu piel.

De tus labios beber el dulce néctar de miel,
para en tu boca poder las horas perder.
Y en lo largo de tus piernas contemplar el amanecer.

Loco por tus caderas sostener,
y en el calor de tus pechos
ver mi futuro crecer y florecer.
Contemplado él lo largo de tus piernas el amanecer.

Reposada y desnuda sobre la cama.
Clavando mis ojos en tu mirada
y la copa de vino sobre la mesa derramada,
ocultando el secreto de la madrugada.

En la cual encontré el universo
en lo húmedo de tu primer beso.
Y lo profundo de tu mirada, recordándome
que tu silueta desnuda en la cama es la moneda
más valorada.

La copa de vino derramada,
testigo de una pasión derramada,
en la cual en mis brazos amaneces arropada.

Síntesis

Miguel Ramos Fábrega
-España-

Vas y regresas,
como el viento.
Cantas y bailas,
como el mar.

En los muros de tu invierno
es tan lindo navegar.

Peso y prisa,
como el tiempo.
Paz y guerra,
como amar.

Tu cuerpo se mueve lento,
a toda velocidad.

Sol y Luna,
como el cielo.
Lluvia y luz,
cual manantial.

Paredes, suelo y techo,
jaula de fatalidad.

Bala y presa,
con un muerdo.
Noche y día
se juntarán.

Tras la ventana, un infierno;
dentro de ella, eternidad.

Tu manantial

Chelo Texeira Rojo
[Chelotex]
-España-

Aguas que surcan mis riberas
manando salvajes de tu manantial,
dibujas mis orillas con esperas,
pronto mi sed saciarás.

Aguas que perfilan con poesía,
bebiendo mis ojos su caudal...
Manos que acarician húmedas,
labios mojados para besar.

Corriente que fluye de tu nacimiento,
empapando con caricias transparentes
mi piel, mi alma, mi ser...
dejando mi amor sin aliento.

Aguas que llegan turbulentas,
robando con su sonrisa mi voluntad,
me besan, me abrazan, se calman y se alejan....
dejando mis heridas en libertad.

A modo de embalse guardaré su esencia,
cuando mi corazón y mi cuerpo lloren su ausencia,
con cerrar los ojos tendré
su deseada y dulce presencia.

Tu mirada

Alexander Daltieri
-Perú-

I

Me miras
y me atrapas en tus pensamientos.
Me miras
intentando transmitirme un mensaje
en estos momentos.

II

Conozco en ti esa mirada
te conozco como antes de tus besos
en las que éramos como niños
jugando a las miradas tiernas y presumidas.

III

Fueron esos aquellos besos
que me robabas sin tocarme.
Fueron esos besos
que hacían estremecer mis sentidos
con solo mirarte
con solo pensarte.

IV

Son esos besos en donde
no era necesario introducir tu lengua en los espacios
ni rosar nuestros labios en sus esquinas.
No era necesario el tacto de nuestros cuerpos
ni tampoco de nuestras mejillas.

V

Me miras
aun sabiendo que tengo que irme.
Me miras
y solo acierto en responderte con mi silencio firme:
que no será por mucho tiempo.
Que al final de la historia
el amor no es tan corto como dicen.
Que al final de la historia:
"solo somos tú y yo."

VI

Que al final el olvido se disuade ante
nuestras miradas
pues solo sentimos amor y eso es lo que nos une.
Incluso nos complementa como personas
nos hace más fuertes ante las adversidades
y ante los problemas.

VII

Me miras
y anticipo tus palabras
anticipo tus pensamientos.
Ya conozco tu mirada
como antes de tus besos en los que
no me decías nada.

VIII

En los que me desnudabas en tu mente y me hacías tuyo sin excusas.
Te conozco tanto
que podría incluso asegurar que quisieras
que hoy me quede contigo para hacerte el amor.

IX

Ese amor del que a ti te enloquece y que constante en tu mente lo
disfrutas.
Ese amor en la que no hace falta acariciarnos
o besarnos o excitar los sentidos para así tocarnos
o incluso poder acurrucar juntos nuestros
cuerpos desnudos.

X

Sé que te gusta que te provoquen para luego proponerte a jugar con
el deseo
de nuestros instintos depredativos
y deseosos de amarnos.
Te conozco tanto a ti como a tu mirada en desespero,
conozco y sé cuál es la manera correcta de amarte y hacerte el amor.
Te conozco tanto que hasta sé que me vas a extrañar
cuando me vaya.

Tú no estás

en mi cama
Miguel Antonio Pérez Ramos
-Cuba-

Tú no estás en mi cama, no tienes que decirlo,
¡ay! pero si estuvieras yo podría describirlo.

Acostada en mi lecho, en silencio, desnuda,
mientras yo te reparo sin complejo y sin duda.

Con tu cabello negro que enmascara los años
y que conserva el brillo y la frescura de antaño.

Tu frente amplia y limpia, tan clara y soñadora,
donde deposité mis besos en la aurora.

Tus ojos, con las ganas latiendo en la mirada,
con los que me hechizaste aquella madrugada.

Tus labios, esos labios de todos mis antojos,
que de tanto yo amarlos se te tornaron rojos.

Tu cuello, tu perfume y ese sabor a miel
que se quedó en mi boca al yo besar tu piel.

Esos pechos perfectos donde yo dormí un día,
que, aunque me olvide todo, yo nunca olvidaría.

Y luego tus caderas, y luego tu cintura
donde hube de vivir mi mejor aventura.

Esas piernas perfectas, esas piernas de atleta,
que son las que me instaron a volverme poeta.

Sólo faltan tus manos traviesas, atrevidas,
con las que acariciaste mis partes prohibidas.

Pues fuimos dos orillas y la cama fue el río,
lo demás no lo cuento, es algo tuyo y mío.

A partir de esa noche te imaginas conmigo
y mis sueños intensos llegan solo contigo.

Sólo duele que estemos ahora lejos los dos,
pero tengo en mi ser hasta tu dulce voz.

Por eso este poema brota como una fuente:
tú no estás en mi cama, pero estás en mi mente.

Un hombre

Roberto Félix Carbonell Moliner
-Cuba-

Un hombre
cruza límites,
estira sus
brazos,
hace de
mí
la gacela.
Un varón humedece,
mordisca mis
nalgas,
ahoga
su
voz
en
mi
voz.
Un hombre despierta,
ensalivo su
abdomen
y
quedo
en la
raíz.
Le doy
el secreto
de mis
ángeles rojos.

Una vez más esta noche

Gustavo Gómes Figueira
[Gavo Figueira]
-Portugal-

Ámame, una vez más esta noche.
Amanzáname, adurázname,
acerézame un poco.
Bebe mi néctar que almibara
tus curvas nocturnas.

Bésame, una vez más esta noche.
Aframbueso tu lengua, afreso tus labios
mientras devoro tus higos arandanadados.
Ríndete, una vez más esta noche.
Apapáyate de par en par,
déjate lamer el rastro dejado
al desprender tus semillas a cántaros.

Me abanano, me amielo,
me escurro entre
las vainas despepitadas
de tus fuentes trémulas, húmedas.
¡No puedo más!...
Tiemblo, me anaranjo y me desgajo,
salpico tus labios guayabos,
bautizo tu rostro avellanado,
¡estallas mis lichis!... Te aguanabo toda.

Pruébame, una vez más esta noche,
que el amor es zángano.
Endúlzate con mi sal,
dame el roció de entre tus primaveras
y te dejaré ardiendo a verano.

oooOooo